시인의 사회 동인지

공인 인증시

시인의 사회

목차

CONTENTS

CONTENTS

김시호 시인

1961년 서울 출생
2018년 '달빛 영사기' 시집 출간
현 '시인의 사회' 밴드장
healingpoet@naver.com

한 마리 어치처럼
아끈다랑쉬에 살고 싶다고
동고비의 노래로 귀를 씻는 나무처럼
당신이 있어주면
먼 바다가 그리울 리 없다고

크낙새에게 심장을 파 먹히는 중에도
바람에 시달리다 지친 풀잎에게
어깨를 내어주는 나무처럼 살아가라고
내 아픈 곳에 앉아 마음 나누다가
함께 죽어가자고

십오야 난정

추녀도 없는 맞배지붕 아래
당신과 조근하던 날이 그립습니다

계절은 언제나 새 신을 신어
가이없는 하늘에 구름처럼 살다가도
문득 당신이 그립습니다

시든 하늘 설운 밤 달 아래서도
당신이 보고 싶다 입 열지 않았어도

나는 사랑을 알고
당신은 그 사랑을 모르니
산 날의 일기는
이 마음이 전부입니다

우리는 이별을 하였고
맞배지붕 시절은 가버렸고
문득 그립다는 당신은 여전히

거울처럼 나를 비추이는
유일한 사람입니다

소명

내일을 알 수 없어서
오늘 사랑하고 싶은 것이다

외로움에 갇혀 살다
혼자 죽음을 맞이할까

빈 뒤를
자꾸 돌아보는 것이다

부나비 날아드는 건
헛꿈이 아니다

헛된 꿈이라도
산 사람이라 그런 것이다

죽어 떠나면
누구라도 잊히는 것

장부라도 나누어
죽음이 씨가 되는 일

생명의 꽃씨를 뿌리는 일
그로 영원한 일이다

산다는 일은

아이야 부서져 사라짐을 설워 마라
이방인도 종국에는
제 온 곳으로 돌아가는 것처럼
너도 난 곳으로 돌아가는 것뿐이다

너를 먼저 보내는 것은
딱 지금 이만큼이 좋은 까닭이다
채이며 뒹구는 너를 보던
내 가슴이 어땠겠느냐

은하계를 떠나온 유성처럼
나를 벗어져 나갈 때
넌 이미 나의 갖은 살을 찢어
너 먼저 땅바닥에 내가 뒹굴었으니

잔바람에도 부대끼던 네가
전전긍긍 속을 앓던 나도
이제는 없다
산다는 것은 이런 것이다

수많은 이 사라져가도
세상은 같은 얼굴로
모든 삶은 그저 꿈을 꾸는 일이다
짧거나 혹은 길거나
같은 길을 걷는 일이다

그랬으면 좋겠습니다

살다가 문득, 혼자 된 때에
연락하고 싶은 사람이
나였으면 좋겠습니다

뜬금없는 전화여도
신호음 길지 않아
반가운 기색이 묻어나고

대뜸 욕부터 하고
안부는 나중 묻더라도
달 뜬 목소리면 좋겠습니다

먼 날의 당신을
내가 기억하는 것처럼
당신도 그랬으면 좋겠습니다

광대나물꽃
- 세월호의 사람들에게

하얗기가 백설보다 고운 꽃잎
자랑의 잎새 여밀 틈 없이도
사방으로 고개 내밀어
지나는 이들 절로 웃게 하더니
무슨 일로 빛을 잃었는가
핏기 가신 얼굴을 하고
눈도 깜박이지 않다가는
툭
툭
툭
툭
툭
툭
툭
에미 심장에 박히며
억장 와르르 무너뜨린 폼이
화난 게로구나
틀림없이 화난 게로구나
너와 더불어 살며
알아주지 않아도
나는 행복하였는데
어쩌다 돌멩이로 돌아와
심장에 박히느냐

찬 바다를 얼마나 헤매었길래
가슴마저 이리 시린 것이냐
피지도 못하고 송송이던 네가
절절이 사리운 아픔
눈 감을 수 없더냐
찬 바다 떠돌며
성냥 한 개비의 체온이,
에미 품 모질게 그리다
북향화가 되었느냐

해마다 이날을 기억하며
구메밥도 거르며 먹으며
살아야 맞는구나

일구에게

사랑하는 그대여
이제 그만 슬픔을 거두라

자작나무도 창백함을 버리고
저리 푸르른데
여전히 아픈 것인가
나의 굴헝 깊숙이
그대의 피눈물을 묻었으니
이제 오월이 오면
우리 함께 푸르지 않겠는가

강산이 변해도
터지지 않던 뚝방길을
우리 달린 까닭은
새싹 틔우려 한 일 아닌가
그대의 피 들이마신 해가
저리도 빛나고 있으니
이제는 돌아갈 초막에도
꽃 피어 있지 않겠는가

사랑하는 그대여
이제 그만 피 같은 그 슬픔을 거두라

안녕

봄이 마르고
눈썹달이 그리개를 버린 즈음
죽은 이들을 위해
더 이상 기도하지 않기로 정했다

나무에서 나무로 정을 흘려도
잎새는 받아주지 않았다

폭포 같은 마음 바람으로 전한
침묵기도문처럼 외던 구애
영원히 기억할 것이라는
약속

풀숲에 흐르고
빈 하늘엔 숙명이라 이름을 쓰고

모든 이들에게 이제는 안녕
부서진 옛날도 안녕
눈물 같은 강에게도 안녕

외로운 족의 친구
— 이건우에게

나이 들면 더러 바라기도 하건만
창연한 고집 더 맹렬히 세우는 이 친구여
오늘은 아침도 이르건만
잿빛 하늘 뚫고
망치소리 들리는 걸 보면
그자리 다 자네가 차지한 모양일세
이즘엔 코로나가
하! 극성이라
창백하도록 흰 마음 노을 들까 걱정일세
땅
땅
땅
오늘도 살뜰한 땀방울 고이고 여며
누군가의 척추를 세우겠지
여린 환자거나
까랑까랑한 환자거나
우리들 사는 나라의 이웃이라
따뜻한 볕살 나눠주려 애쓰겠지

어쩌다 만나도
고기 굽는 것 또한 전문이라며 먹기만 하라고
맑은 웃음까지 함께 싸서 주던
고운 친구여
작별할 때 돌아서 가던 모습에는
외로움의 두께 두터이 쌓인 것 보았네
우리 살고 지는 것이
언제인지 모르고
밥벌이 제각각이라
자주 만나지 못하나
고요한 시간에는
언제나 자네 쉴 자리를 남겼으니

내가 고기 구워야 하는 시절에
꼭 만나기로 하세

새날에는

눈물을 아는 사람이
정의를 말했으면 좋겠습니다

양심과 용서를 부모로 가진
반성을 아는 사람이
정직을 말했으면 좋겠습니다

문제투성이의 사람
교활한 사람
토굴에서 기득권의 진리를 깨친 사람
정의라는 간판 걸고
실리 찾는 사람
주목받으려 기회만 노린 사람
무슨 짓에도 들키지 않으면 성공이라는 사람

돈보다 똑똑한 힘은 없다는
이기는 편만 내 편인
세상의 보편은 실리와 상관없다는 사람 사람들

모두 제 그림자를 보았으면 합니다
생각이 다르다고 적이 아닌
전체를 먼저 생각하는 것을
말잔치에 속지 않는
비난 앞에서도 곧게 나아가야 한다는 것을

실패라는 위험을 무릅쓰며
매바위처럼 꿋꿋이 부딪히는
들풀처럼 바람 앞에서 일어나는 것을

어떤 것도
잊지 않고 살았으면 좋겠습니다

빛

사람아
외로움을 모른다 말하지 마라
우리 모두 외로운 종족이다

은하계 어느 행성이 고향인지
아는 이 없으나

가지 못 한다 설워 마라
새벽과 밤 사잇길 걸어

바람이 오면
배운 적 없어도 아는
모어母語가 노래로 들리고
집착의 응어리
용서의 강을 건너 평안에 돌아가듯

어린 별 곁에 누워
홀가분의 빛을 던지고
평화로운 미소로 영속할 자리가
고향이 된다

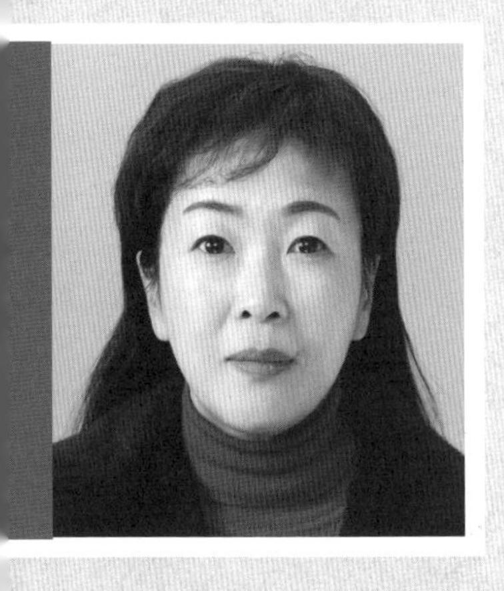

김영란 시인

1963년 부산 출생
2019년 '시와 편견' 동인지 재등단
2019년 '후박나무 연애도감' 시집 출간
2020년 문인 '유안진' 추천 최우수 작품상
현재 '시인의 사회' 회원
제주도 거주
lan8555@daum.net

시를 쓴다는 일의 무게는 시간과 비례한다는 것을
나이를 들면서 더욱 실감을 합니다.
쓴다는 일이 가장 즐거운 해소였다가
이젠 누구도 권하지 않은 심리적인 압박이 커집니다.
나의 행보야 모든 사람들에게 무에 상관일까 만은
모국어를 욕되게 하는 일은
되도록 줄이고 싶은 소시민의 마음입니다.
한 마디의 절실한 노랫말처럼
한 소절의 싯구가 잠시 잠깐의 위로나
휴식이 되기를 바라는 마음,
기도로 축복으로 보냅니다!

달의 비밀

날렵한 눈웃음의 남자
날씬한 입꼬리의 여자
손톱달 초승달은 양성이다
두 개체 오롯이
선명한 혼연이다

달을 보아온 지 이 나이 그대론데
나이가 차고 기울어서야
두 얼굴 한 번에 알현이다
생애 전부를 살아도
아차 모를 뻔하였다

어떠랴 싶은 옆얼굴
대놓고 보면 그저 실실 웃는 동화
여인을 감춘 웃음기 뒤로
살그머니 바지를 덧입는
달 하나 이울고 있다

이 슨생님

'발로쓰라던시'
발로쓰는시

이제 사십 년 만에 자국 따라 나섭니다
슨생님
작은 두 발로 아그작 걷다가
그나마도 한 발은 짝발이다가

성큼이며 저만치 가던 벗님들은
영영히 빠른 손절 해버렸더니
답 할 누이도 없는 제가
그나마 홀로 걷다 보니

늦었습니다 슨생님
도표 없는 길이라 따라나서지도 않던
길이라 신작로에서 한참 서성이다
이리됐다고

머리칼에 남은 먼지 해 바래서
가르마 길에서 먼저 바래서 허여니
'발로쓰다가'
그만에 늦어버렸습니다
이 슨생님

이 밝은 어둠

어둠이 깨어지면
그것은 암흑
보이는 것이 사라지는
밝은 실종

산이 산으로 준 산에서
맑고 화사한 어둠 안에서
우물 안
물 한 방울의 적요

이 자리에 서서
산이 바다로 간 모든 연유를
온 생이 증명하는 침잠을

오직 어둠
깨지 못하는 상념으로
쓴다

그들과의 산보

발아래 흙이 밟히면
묻곤 해

뉘신지요

얼마나 이 곳 검돌 틈에
이름 깎으며
시간을 돌워

계셨나요

한 발치 앞 서
꿔거거겅
촌각을 잇대어 나르는 들판에
태양에 목젖이 단
억새가 흔드는

흙 속에
뉘라도 개의치 않아요

그리 계시며는
더욱 가까이 돌아가겠
습니다

꿩 셋이 나는 하늘쯤에
분 날리며
개가 둘 뛰 간다

꽃귤 다락

우리가 잘 알던 제주에서
우리는 잘 모르는 다락에 꽃이 피어
귤이 매달렸단다 는데
본 적이 없는 몇몇 모두어 귤을 베러 떠난다

찾아가는 걸음에 가지가 뻗고
잔가지 한데 엉기며 땅 위로 올라
길 가는 동안 내가 그만 나무가 되는
주문한 일 없는 가지마다
철철이 열리는 오월인데

바다 짠물에 차를 끓여
시큰한 이야기로 김이 오르는 그곳
누구라도 본 섬에서
한 번을 본 적 없는 마을로 간다

꽃귤이
귤꽃인
뿌리 닿는 곳마다 다락이 열리는
이어도가 어딘가 숨겨져 있는 마을이라 했지
사라진 곳에서 속삭이는 음성이 들려와
내세의 파도로 접히는 것이
꼭꽃 열리는 일

다락 마을 꽃이 깨어
창문마다 매어달린다는 나라
이제 발을 돌려 내 안으로 썩썩 걸어간다

머릿끼 정전正戰

지난밤이 어떠하였는지
밤새 어디를 쏘다녔는지는
알 방법이 있다
여명으론 부족한 증거
햇살이면 충분한 증명
맞다

하얀 수건을 깐 베개에서
지독한 아집의 향이 오르면
주섬거리며 간밤을 수집하는
약삭빠른 손

유난하던 머리숱은 영락없던 유전인데
그 사이에 또 아버지 찾아오셨나
잊어버릴만하면 텅
찾아드시는 머릿속
하나 둘 유전을 어깃장 놓는
시간
그렇게 떠밀려 가셔놓고선

구태여 하얀 수건 영정으로 깔아
나의 쇠잔함에 포고를 하려는 이유는
무어냐
나도 아버지처럼 어깃장 놓는 날에
말 대신에 흰 유언장으로
머리말 머릿끼로

나 이제 떠났다
허한 일생의 항복서를 남길
간밤의 목적인지 그런지

동백꽃 그런 일

그저
길로 접어들었을 뿐
낮은 나무들이 돌담 곁으로
서있었던 일
대문이
창이
겨울 습성대로
닫혀있던 일
낯선 그림 안으로 내가 지나가는 일
하루의 반 허리 정도에
햇볕도 그 정도에
길에 있었을 뿐

눈물이 솟구친 일
기억이 뭉개진 길
햇볕에 서서 생애를 보게 되는
막측莫測한 자리는
더 없을
골목 중간 어딘가에서
그만 눈물이 터져
심어놓은 꽃
세상으로 다 떨쳐 날리는
쓸쓸한 곳에서의

일

책에 죽도록

비가 내리면 '죽도록 무료해'라고 뮤지컬 한 장면처럼 말하고
책을 한 권씩 묵형墨刑한다
말하기 없기 '가위바위보' 혼자서만 신이 나 페이지마다
숨죽인 권들을 떠올린다

나는 책에서 책으로 죽어버렸지 사춘기도 책 안에 쑤셔 박았지
말이 되는 단어는 그에 문서가 되고 순간들은 문서와 문서로
묶이어
이제와 보니 그냥은 없다

장사 지낸 책더미를 찾아내기가 쉽지 않다고 장마다 킁킁
코를 디미는 일이
오 낯설지 않아 이 문서의 악취들은
치밀하지 않아도 바로 알아지는 '내'들에겐

그 장사를 치르고 끝내고 보면 하늘이 보이겠지
한 번을 빤히 보지 않았던 대낮 하늘에
앉은뱅이 책에 남기려는 뜻이 밖에서 더 잘 보이겠지

시로 시를 시다

어둡기만 한 연작시는 싫어
어둠을 향해 노려보면
어둠이 맑아지는 시를
쓸 테야

맑아지는데 하루가 걸리는
몹쓸 수필은 쓰진 않을 테야
긴 시간을 걸러내는 수고는
아파

쓰다 만 이야기 전부 모아
쓸 수 없는 필름을 챙겨
35밀리 시네마 스코프
일대기로 영사기를 돌린다면

그도 저도 싫어
화면으로 맑아지는 어둠보다
빛으로 맑아지는 어둠보다
내 안에서 꽃대로 올린
어둠으로 어둠이 빛나는

시로 할 테야

보고 말았다

딸기밭이 움찔
살금거리는 운행을 시작했다
가까운 거리에 검은 까마귀들
눈치껏 종종 거리는 일도
잠자코 쉬던 숨이더만
바로 어제까지 허연 눈을
솜이불로 두텁게 덮어 조요하더니만
조근 돌멩이 하나 건어주는 결에
앗 움찔
스리슬쩍 발을 떼는 그녀들을 보았다

보고 말았다
눈밭에 주린 새들도 배탈을 하는가
도감을 뒤지려는 찰나
일순의 비명 내 느낌을 뚫고
내리붓던 찬 눈에 예리해진 시안을
뚫고 찌익
딸기밭 푸르덩덩 작은 잎새들이
움직이는 것을

김인선 시인

1954생
2010 문학세대 등단
(사)자유문학세대예술인협회 부회장
현 (주) 보아스 종합건설 이사
e-mail : rbtns999@hanmail.net

고요하던 수면 향해
팽창한 쨍이가 꿈틀대며 파문을 일으키면
천근, 만근 달리는 회색빛 발돌.
싱싱한 활자의 지느러미가 퍼덕인다.
찰나의 희열 위해 심하게 중독된 투망질
그건,
그저 경건한 의식일 뿐이다.

파리지옥의 소고

햇빛도 피해 가는 능선

북쪽이야
공간 격리의 귀재 파리지옥이 피어 있지
영원불변할 모종의 음모처럼,
꽃 아래 덫
참 치밀한 생존 전략
동쪽으로 향한 질긴 대궁 끝에 화염 피워
마리아나 제도의 흥분한 꿀벌을 꼬셔 와
풍성한 가루받이 만을 원하지
붉은 그물막을 치고 행하는 은밀한 개화
무서운 가면이지
낙진 경고하는 꽃가루 뿌리며
허연 송곳니를 감추는 잎의 흉계
날것을 유혹하며
멋모르고 기는 통통한 개미를 가두려는
맹랑한,
교묘한 투 트랩,
그건 간격의 묘수를 아는 유전적 노하우
이파리 하나 뚝 떨어져
히죽
히죽
웃는 것 같은데
저 꽃, 관상용은 못 돼

환각과 환청의 여울목

작은 둥지 밖의 사방에 온통 적이다

돈, 권력, 명예, 사랑, 절망
날카로운 발톱들은 얼음장처럼 차가운 살기를 지니고
시시각각
나를 밀어내려 한다

레스토랑에서
대형 백화점 명품 코너에서
호텔 주차장에서
은행에서
거리에서

꿈속에서 조차
뻐꾹뻐꾹 끊임없이 들려오는 울음
그 소리는 단지 전주곡일 뿐이다

애초부터 둥지 안에 있었지만
이제껏 몰랐던 무서운 탁란 한 알
막 부화되려는 발톱

혹, 그 뻐꾸기 울음 들어본 적 있나
죽음이라는
가혹한 이름 지닌

n의 로그표

28호에 있었지만
누구도 호수를 가르쳐 주지 않았다

불타던 태양이 달의 분화구로 기어들어.

베수비오의 저주스러운 날개 단
처진 성기가 문짝에 양각된 쾌락의 부조 속에서
허벅지에 감긴 린넨 풀고 폼페이 미라가 살아나
죽음의 바다로 향하는 곳
돌바닥에 돋아난
음탕한 슬라네쉬*의 혓바닥
취한 삐끼의 이름표가 은륜 돌리며
상품 치수를 적는 거기

27호 26호 25호…

당겨진 유황불에 타올라 증발하는
스퍼디민의 향기가 비릿한 유적지에
낯선 이방인이 금화 건넬 때까지
열리지 않는 견고하게 문신된 손목들

---

* 쾌락의 신

화난 아몬 문양이 부활을 위해
버닝
버닝

지금 위험한

기생충

기이하지만
강남에서 주운 수석은 자연산이 아니었다

대를 물리는
신 카스트의 바위를 파고들어 꿈틀거리던 그건
벌레가 아닌 완벽한 혼의 에너지였던

낮은 곳 향해 흐르는
처절한 은유의 강이며 단단한 벽을 깎는
기다림의 힘이었던

해냈다

부딪히고 부딪히며
수면 위로 노출시키고 싶었던 돌덩이

거미줄처럼 엉킨
더러운 전깃줄 너머 골목 계단 따라 흐르며
공생이라는 지류에 솟아 눈알 찌르던
양극의 뾰족한 소실점

화난 물살이 마구 휘감고 돌았다

가난한 몰골로 꽉 쥔 쇠창살을 흔들자
반 지하 문이 열리며 누군가 진품 수석을 들고
들어선다
성큼
낡은 장판을 밟고

아, 오스카!

여의도 날씨

엄청나게 쏟아지는 폭우

떠오르는 빌딩
유령처럼 일체의 소리가 묻혀 숨죽이고

자리다툼
혼돈의 울부짖음을 압축하여 저장했던 파일
성난 하늘의 링크가 열리고 있다

무서운 고함
우리 갈등이 저리 심했었나
우리의 눈물 저리 많았었나

쏴아
쏴아
통각을 파 헤지는

COVID-19 팬데믹

울고 있나요
기도해 줄 수 있나요 이미 때가 늦었나요
물방울이 하나씩 증발하네요
그뿐이죠
흔적도 없이 사라진 물방울 향해 내일까지 슬퍼할 사람 있나요
후회는 나중에 하기로 해요
기도하기 전에 잘못을 먼저 말하기로 해요
어쩔 수 없는 것이라면
차라리 슬픈 표정만 보여 주세요
변명이란 독약처럼 써요
아시잖아요 말로는 무엇도 해결할 수 없어요
언제나 작은 걸음이 힘이 되죠
늘 그래왔듯
이름 없는 손들이 산소호흡기를 끼워 주죠
말없는 행동이 더러워진 시트를 갈죠
아직 늦지 않았어요
껴안을 수 없다면 시선만 주세요
네 우리 서로 바라보면 되죠
맞아요 '이 또한 지나가리라'
그렇게 견딜 수 있어요
꼭 분명히

작명법

입 구멍 삐뚜러졌어도
개죽음 무섭지 않다고 꽁무니 쫓아다니며
습관처럼 바른 소리

당신을 '초랭이'라 하죠

덕분에
마을 감고 도는 강처럼 맑게 흐르는 것 같아도
알고 보면 속 시커먼

당신은 '하회'가 좋겠군요

이도 저도 다 싫어
괴나리봇짐 풀어 세상 벼랑 끝에 던져 놓고
묵묵부답

당신, '각시'라 지을까요

이름이 철없는 어릿광대 같다고요
얼굴 가린 비 대면이니 마음껏 요령 피울 거라고요
그럼 훌렁 벗기고 눈 마주칠 수 있게
반 만 가리고

구린 잘못 종일 맡을 수 있어
네 '탈' 내 '탈' 따지며 싸울 이유 사라질
하얀 'KF94'로 짓죠

이름, 어때요?

미투

어둠 자락에 은밀히 써 흘리는 야사란
카트리지 바늘이 LP판 허벅지 찌르던 때 동화
홍미진진 짜릿한
진짜 스릴은 낮에 써야 맛보는 것
동해장에는 절대 밤에 손님을 받지 않는 곳
실크 잠옷처럼 야들야들한
해무 걷히는 새벽부터 초저녁까지
한정 오픈하는 대실 전문 여관
이곳에선
불끈
벌건 육봉이 솜이불 뚫을 듯 솟아
펼쳐 논 푸른 이부자리를 종일 가로지르며
얄궂은 풍차 돌리기 체위로
흥건한 물이 넘실대는 저수지를 찌르고
침침한 계곡을 더듬고
구름 타고
이 봉 저 봉 눈알이 부시게 훑고
가끔
창 밖에 물대포가 터져 생사람 잡거나
은하수 향해 미사일이 날아가도 여전히 만실

땅거미 기어들어야
서해장 여관에 홍등이 켜져야
조용해지는 로비
정동진 어딘가에 성업 중인
한 번
꼭 가 볼만한 곳

도로 원점 간 477Km에서

너와 나
둥지가 한 나뭇가지에 있다는 것으로
날개를 함께 턴다

속없는 철새 무리에 끼어
산 넘어가 강 넘어가 먼 논두렁에 편히 앉아
나락 깔고 쉬고 싶은데

한구석에 모여 아웅다웅
성하던 깃털 제풀에 뽑혀 휑한 정수리

가지 많아 바람 많은 느티나무 맴돌며
바닥나기 되어 좋아도 싫어도 퍼덕거리며

해 뜨나 달이 지나
비가 오나 눈이 오나

내 편
네 편

짹, 짹짹 거리며

수학적 용적률

구름 위에 집이 있고
머지않아 나는 그곳에 영원히 누울 것이다

광파기 눈알이 경계 말뚝을 거쳐
거리 찍고 점이 점을 물어 가치의 층을 착상하자
집이 솟아오른다

대지의 행간마다
급조된 진술이 기둥을 밀어 올리며
확장된 이미지 위해 그럴 듯이 붙인 회색 화강석
시장의 소음 삼키고 있는 복층 유리
저마다 수요와 공급의 상생 위해
난산의 독백만 아프게 난발하고 있는 동안
공유지 밖 지가는 죄 없이 헤롱거리고
이곳저곳 내면에서 폭발하는 설형 문자
솟는다
육 두 언어가
발화의 진원지라
손가락질당하는 반지하의 곰팡이 핀 벽에는
저항시 하나 서럽게 걸려 있고
막, 노인 하나
구름 위로 오르고 있다

영구 임대 찾아

이종근 시인

부산 출생
중앙대학교 행정대학원 석사
2016년 계간 '미네르바' 등단
'서귀포 문학작품 공모전'당선
'박종철 문학상'최우수상
'부마민주항쟁 문학창작 공모전' 우수상
'빛고을 문예백일장' 최우수상
'임실호국원 나라사랑 시공모전' 최우수상
계간 '문예바다' (2020년 겨울호) 공모시
'5·18광주민주화운동 40주년기념시집'
'부마민주항쟁의 재조명과 문학작품'
'부산 김민부 문학제' '대구 10월 문학제'
기념문집 등에 참여
onekorea2001@hanmail.net

꽃잎에 머문 눈망울에도
나뭇가지를 타고 오르는 혈류에도
뿌리에 바탕을 둔 족보에도
진득하게 흐르는 사랑 있습니다.

바야흐로 고등의 사람이란 자가
이보다 더 농익은
사랑 위하여
질투의 힘을 부쩍 발휘합니다.

무르팍까지 책을 가까이하고
사색과 시 짓기를 구걸하듯
오래전 당신에게 사무칩니다.

기형도 문학관

스물아홉 해에 죽음, 스물아홉 해 만에 이십구억 원의 집을
얻었고야

길 없는 길, 어디에서 펑펑 울고 있었기에 청년의 그를
불러들였나

이 길의 집은 내게는 낯선 길 낯선 집인데
구김살 없이 바짝 다린 바짓가랑이의 밑단이 낡은 구두 속에
쑤셔 박혀 걸리적거리듯

내가
박아둔 벽의 못처럼,
바람벽에서 뽑지 못한 나의 히스테리를 붙들고 있을까

구두에 밟히는 生라면 부스러기도 없는 이십구억 원짜리
건축의 맛이 씁쓸한 집인데

아픔 없는 아픔, 어느 때고 다 쓴 형광등이 빛의 원고지를
새처럼 타자하고 있다

김수영을 생각함

비로 울까
눈으로 젖을까

울지 않기로 했는데
어찌 울지 않느냐고
풀한테 혼이 났다

바람으로 맺힐까
가슴으로 흘릴까

배운 적이 없는데
어찌 울지 않느냐고
풀의 타박을 들었다

보잘것없는 풀의 일침
저 분노의 힘

가장 늦게 누웠다가
가장 먼저 일어나는
김수영을 생각함

흠모하는 가 점점 미쳐가는 가

1.
백석이 시 한 줄 노트에 쓰면
나도 백석의 시 한 줄 노트에 슬쩍 베껴 써야지

백석이 군불 지핀 가마솥에다가 감자를 찌면
나도 장작 패고 물 길고 줄을 서서 찐 감자를 능청스럽게 얻어 먹어야지

백석이 나타샤와 눈이 푹푹 쌓이는 밤 흰 당나귀 타고 산골로 가서 출출이 우는 깊은 산골로 가 마가리에 살자 할 때
나도 덩달아 당나귀를 몰고 와 삶의 가방을 내리고 얼른 오두막집에 못질하곤 눈 감고 귀 막고 일몰의 커튼을 쳐야지

백석이 구두를 내어 닦으면 나도 따라서 흰 고무신의 켜켜이 묻은 흙먼지를 털어내고
백석이 막걸리 한 잔에 구슬픈 노래를 흥얼거리면 나도 구절구절 숟가락 장단을 자유시로 맞춰야지

백석이 시를 좇다가 시로 돌아간다면
나도 따라서 시의 행방을 좇다가 시의 소굴로 돌아가야지

2.
시인이 시인일 때 할 수 있는 것은 시 짓는 일뿐이지
주어진 펜 똑바로 쥐고 총 앞에도 비굴함이 없는 사상의
편린을 취하는 일

시인이 시인일 때 할 수 있는 것은 오로지 돌격뿐이지
탱크에 주어진 확고한 정력과 미사일을 쏠 힘으로 험난한 수풀
헤치고 점점 미쳐가야지

그래야만 한 시절 풍미하는 거지

옥천 휴게소

삶이 미끄러지듯 보드라이 달리고 달린다
뒷간에 들러 단박에 오줌보를 쭉 비우며
어깨 활짝 펴고 허리춤을 빙빙 돌리고

서정에 주어진 촌음을 빼곡히 쉬어간다
옥천을 한 움큼 담아다가 씹어 들이키고
지용의 시 한 줄, 허리춤에 단단히 차고

다시 쭈뼛쭈뼛해지듯 야무지게 달린다
행여나 내 바퀴가 성큼성큼 달리듯
이곳저곳에 고단한 삶, 보이지는 않을까

힘들고 아픈 듯한 원고지 지면에
자동차 네 발의 생각이 쿡쿡 눌러 닳도록
지용의 시 한 줄, 길 위를 중후하게 내달린다

국어 선생님 1

등굣길에 윤동주가 서 있다
수선화 피어나는
푸른 교실에
해맑은
해만큼 꿈을 가르치고 있다
문예의 성장을
켜켜이 챙겨주던

서시였을 그

고운 이름 담은 출석부에
푸른 꿈의 수선화가
학교 가득히 피었다
독립선언서처럼
애절한 문장으로 그려진 애국
문학이 아니고서
문학을 알 수 없듯이

수선화를 낭독하는 그

국어 선생님 2

바람이 불 때
바람으로 있지 않을 상상이
바람의 눈 앞에서
바람으로 머물고 있기에
바람의 잔잔함을
바람으로 힘을 주어
바람을 일으켜준다

바람 한 점으로 스러지는
바람이 고귀하다

바람 속의
바람으로 굳건하게
바람을 일으키는 또 다른
바람의 길에
바람으로 너희가 자라
바람 이상의
바람이었으면 좋겠다

바람 한 점이
바람의 가르침을 따라간다

국어 선생님 3

분필이 침묵을 일으키고 가네
별표를 하고 두세 번 붉은 밑줄 긋고 암묵적 동요로 나지막이
감탄하듯

과격한 발상이 스미네

책에 박힌 활자 속으로 눈으로 튀어 들어가고 그의 투박한
낭송이 귀에 충격으로 뚫리네

테러리스트가 따로 없음을……,

시 한 줄을 눈바람으로 두고
시의 리듬을 꽃물결로 타고
시의 서정을 상상으로 곱씹네

과녁이 백석이네
김수영의 풀이 나지막이 자라고
풀 위로 나타샤가 흰 당나귀를 타고 가네

과격한 발상의 전환이라네

나더러 풀이 되자고
나더러 혁명이 되자고

분필 한 자루가 하늘과 바람과 별과 시 초판본을 옮겨 나의
심장에 아로새기네

그리고 지우고 썼다가 별표를 하고 두세 번 붉은 밑줄 긋고
분필이 침묵을 일으키네

국어 선생님 4

-나의 초등학교 6년 동안 담임선생님은 이상하게도 모두가
남자 선생님들이었고, 나의 중·고등학교 6년 동안 국어
선생님은 우연하게도 모두가 남자 선생님들이었고, 더욱이
내가 대학 시절 공부한 국어국문학과 전공 교수님은 놀랍게도
모두가 남자 교수님들이었다.-

하도 군대 얘기를 많이 들어서일까 교련 시간에 총을 질질
끌고 다닌다 하도 막걸리 냄새만 맡아서일까 발 냄새를
시학처럼 존경하고 있다 하도 프로야구 경기만 봐서 그럴까
스포츠신문이 국어책인 줄 알았다

소월과 동주 만해와 이육사가 전부였던 때 청록파를 기억하고
박인환과 신동엽 김춘수와 김수영을 외야만 하던 시절 늦게 서야
지용과 백석 그리고 이용악이 북한처럼 쏟아져 나오고 방금
해금된 시 위에 거룩한 남자들을 임꺽정처럼 옮겨 써야 했다

그래서 학교 밖의 나는 늘 실수를 저지르고 만다
문정희를 허수경으로 읽다가 허수경을 김이듬으로 적는다
강은교와 고정희와 김해자의 시 앓이가 줄줄이 아픈 줄 모르고
김남주와 박노해의 시만 곧잘 읽는다

남녀가 적절하게 섞이어 어울려 사는 걸 배우지 못한 죄와
벌을 아프게 치르고 있다

국어 선생님 5

-내가 살아가는 것은 절망하지 않는 것 내 영혼이 여유로워
봄이 가듯 청춘이 궁핍하지 않고 내가 모르는 어느 틈에
지독하게 사랑하거나 내가 사랑하려는 아이들과 함께
오래도록 동행하는 것-

말을 가르치는 것과
글을 가르치는 것은 첫 번째 가르침만은 아녜요
그렇다고 윤리와 모럴이 불을 켜는 법도 아녜요

먼저 손 내밀고
먼저 눈 마주치는 일이 마냥 힘들지는 않을 거예요

먼저 인사하고
먼저 반기고 웃어주는 일이에요
국어는 그렇게 쉬워요

철수야 안녕?
영희야 안녕?
처음 국어는 그렇게 반가운 인사로 시작했어요

봄처럼 아지랑이 손짓하는
봄의 교실
봄 또래의 아이들이
또박또박 국어책 잘 읽고 예쁘게 글씨 잘 썼다고
연신 칭찬하는 국어 선생님

싱그러운 아이를 바라보는 엄마 아빠의 눈처럼 푸릇한
봄이에요

국어 선생님 6

나는 저 학사모만
머리에 쓰면
잎사귀에 스치는 바람을 꺼내어 읽는다

내게 주어진 그 어떤 과업이
내가 살아갈 날의 버킷리스트가
내 손으로 기꺼이 이어갈 수 있다면

잎사귀에 스치는 바람을 또다시 읽는다
천생 시인의
시인을 고매하듯

나는 저 학사모만 머리에 쓰면
그를 두고
내 책무의 시 한 줄을 옮겨 적는다

그 젊음의 벼랑에서 멈춘 시와
별과 바람과 하늘의 절기를 꺾어 돈다
윤동주처럼

조현빈 시인

1968년 충남 청양 출생
한양여대 문예창작과,
방송통신대학교 국어국문학과 졸업
2008 토지 문학제 하동소재문학상 수필 대상
2011 문장 공모마당 연간 최우수(수필)
2016 인천시민문예대전 수필 대상
blueball68@hanmail.net

지혜는 시간과 더불어 온다

이파리는 많아, 뿌리는 하나
내 젊음의 거짓된 나날 동안
햇빛 속에서 잎과 꽃들을
마구 흔들었지만
이제 나는 진실을 찾아 시(시)들어 가리.

W.B 예이츠,〈시를 읽는 오후〉

시를 읽는 시간
내 마음에 머무는 고요함이
당신 마음에는 자주 머물기를 바랍니다.

저녁 무렵이면 알게 되는

이 산에서 저 산까지 나무들은 서로 바라만 보며 닿지 않는
이름을 몇 번이나 불렀을까 저 산에서 이 산까지 긴 그림자
드리우려 하루 해는 얼마나 길어졌을까

몸통과 직각으로 가지가 펴져 층층을 이뤘다 층층나무
잎자루 유난히 길어 작은 바람에도 벌벌 잎을 떤다는 사시나무
잎과 가지를 꺾으면 생강향이 나는 생강나무

누린내가 나는 누리장나무, 쓴 맛의 소태나무, 향기가 좋은
향나무, 열매를 새총알로 쏘면 팽 날아간다해서 팽나무, 딱
분질러지는 닥나무, 동강 댕강 분질러지는 댕강나무, 정확히
3 개씩 갈라진 삼지닥나무, 불 속에 넣으면 꽝꽝 소리가 나는
꽝꽝 나무, 자작자작 타는 불소리 내는 자작나무

이쪽에서 저쪽까지 들리든 않든 서로를 호명하는 살가워 지는
저녁 무렵이면
저 산에서 이 산까지 아이들이 빠져나간 빈 운동장 이쯤이면
되었다 더 고요히 눈 감기는 해 그림자와 울 너머로
후박나무들 서둘러 잠을 재촉하고 식어빠진 아궁이는 자꾸
목만 메인다

정수사의 가을 유희

우리가 안다는 강화 하고도 정수사
해우소 옆 늙은 감나무 한 그루가
바람도 없는데 성긴 몸을 턴다

이제 막 바지를 내린 꼬마 하나가
손가락만한 '곧추'를 내놓고
자랑스레 볼일을 보는 사이에
허리 아래 슬쩍 엿보는 늦가을 햇살

때마침 지나가던 노스님
“고 놈 곧추 참 실하게 생겼다”
농 한 마디에
감나무 이파리 몇몇 파르르
슬그머니 벌개진 감 하나
쿵!
졸던 절 마당이 화들짝 깨난다

옛집에서

낮은 한숨을 풀어
허기를 산란하는 늦은 저녁에
등 굽은 아비의 하루는 한꺼번에 몰려오고
말없이 사라진 누이의 옆얼굴이
전신주에 덕지덕지 붙었다

먼데서 바람 우는 소리가 들리고
흰 종이꽃 무수히 눈을 떴다 감으며
계절은 분주히 계단을 오르내려도
기억에 자주 앓았으므로
그리 오래 지상에 머물지 않는다

자주 길 위를 서성인다
떠났거나 잃어버린 것을
찾아 헤매는 날이 부쩍 많아져
그런 날엔 비가 내린다 어김이 없다

비 긋고나면 모가지 꺾인
해바라기 심심찮게 볼 수 있다던
나팔꽃처럼 너는 아침에 자라나고
기억의 링거를 맞은 골목은
언제나처럼 새파랗다

저격병의 눈빛 저 별 몇만
총총총총
모두가 알도록 검은 그물을
담벼락 등어리에 탕탕탕탕 내린다

어느 여름
-구로2동을 추억하며-

한여름에도 십자띠가 선명히
비닐 창문들의 분분한 광채에
대문 없는 순희네 방문으로
둥근 항아리들 투박한 보초를 선다

오후 세 시
수시로 잎담배를 마는
골목슈퍼 욕쟁이 할머니를 지나치면
빗살무늬 토기 치마를 입은 아이들
비눗방울처럼 동글 말린 지붕을 건넌다

아이들의 골목은 이내 수척해진다
취객이 얼큰한 노래로 골목을 헝클고
오랜 가난을 쓰다듬던 더러 아는 이름 몇몇이
느린 걸음으로 삶을 빠져나간다

멀리로 구로 공단 지뿌덩한 굴뚝이
서둘러 일상을 월담 하는 사이
순희가 일하는 지하 공장은
섬유 먼지에 엉겨 미싱들 가쁜 호흡이다

근심이 담쟁이처럼 자라나는 골목과
구로 시장 근처의 오래된 느티나무 한 그루
어떤 손절도 없이 사라져가는 하루를
물끄러미 바라본다더니

세상 모든 소음 토란잎으로 숨는 밤마다
순희 아버지 기침소리는 하모니카 소리에 묻히고
그 사이 무릎에 숨은 편바람이 잠시 어지러워
구부러진 달과 더불어 일어서는 중이다

살다가 보면

살다보면 가끔
뜨거운 것이 울컥
목젖으로 오를 때가 있다

첫새벽
뜨건 선짓국 한 그릇 두고도
선뜻 수저를 들지 못하는
그 사내의 굽은 등과
남폿불만한 등을
말없이 지켜보는 의자와
바람도 잠든 거리와
점멸해가는 간밤을 보는 일상이

허리 굽혀야 밥을 먹는 사람의 뒷모습이
물끄러미 쳐다보는 해장국집 간판이

낯익은 모습이 거듭되면
이다지도 사는 것이 눈물겨운지
뜨거운 것이 걸리는 목젖이
왜 이리도 잦아드는지

소망이라는 바다

종지기에게 매일 맞으면서도
종이 아파하지 않는 까닭은
보이지 않는 구호를 더 멀리 보내는
눈부신 아픔이 더 큰 탓이다

언 땅을 뚫은 봄꽃이
잎보다 먼저 꽃피우는 까닭은
아물지 않은 지난한 상처만 보듬는
따뜻한 봄바람의 손길 덕이다

세상의 모든 눈물이
바다로 흘러가 지구를 채우고
살아갈 날의 기적이 살아온 기억보다
더 많기를 바라는 뜨거운 기도 덕이다

눈물 미학

가슴 아래에서
소리 없이 올라

나뭇가지 꽃처럼
내 눈가에 핀다

그 꽃 다시
가슴 밑바닥으로
무너져 내리는

비워도 비워내도
피어오르는 뜨거운 꽃

우수수 발등 위로 꽃은 떨궈지고
꽃은 그렇게 또 가슴팍으로 피고

시간은 꽃이파리
흔든 바람으로
후회의 바이올린을
계절 내 켜고 있다

친구야 동무야

바람으로 풀씨처럼
흩어져 사는 아이들
먼 산 상수리 나뭇잎 먼저 적시고
엎드려 피는 민들레
꽃눈동자 여전히 슬프게 찌르고 가는
오월
비 내리는 오월에

미용실 복숙이, 전주 삼백집 정화
노래방 쥔장 미애와
떼 돈 번 족발집 윤숙이 이장 선욱이
그들 모두 꽃같은 얼굴로 마주해
밤새 뜨거운 과거를 마신다

지질한 울음 보여줄 수 있는 친구가
내겐 몇이나 될까
한무리 따스한 바람인 친구는
보이지 않는 숨

목숨인 바람이
부딪혀 생성하는 숲인 고향에서
흔들고 부벼대며 추억을 말하고
새처럼 기억을 노래한다
오래 외따롭던 응달 수풀이
외로운 꽃잎을 피워낼 때

섬에서 섬이

보채는 아기마냥
기슭에 와 울어대는 파도를
달래느라
섬은 그렇게 간신히 떠있나 보다
밤새 뒤척이며
푸른 이마의 저 달빛
쓰다듬다 지쳐 낡아진
고깃배 몇 척
향기로운 비린내 꽃으로 피운
섬은
여름 한 때 지천으로 피던
물봉숭아를 쏘옥 닮았다

뭍으로 떠난 누이
손톱마다 꽃물 들이던 일
해풍에 씻긴 모래알 밤 이슥도록 소근대면
만월에야 부서지는 밤하늘 그처럼
밤새 칭얼대며
잠을 잃은 아기마냥
기슭에 와 울어대는 파도와
섬은
얼르느라 휘적이며
그렇게 끝없이 흔들리나 보다
물복숭아 빼닮은 누이
떠나던 코고무신 처럼

자전거 회록通編

고물상 어둔 공터에
두 발을 잃어
누운 자전거
지상(地上)에서 마지막 하루에
어디로 가려던 일인지
핸들의 거울 목이 꼿꼿이
먼 곳을 응시한다

구르던 지난날이
한 잔 술로 달려들면
뼛속까지 녹이던 단골네 불빛
그것으로 행복했다던
다친 삶 뉘인 채
녹슨 체인으로
푸른 기억만 또 되돌린다

오현일 시인

1974년 출생
'시인의 사회' 영구회원
'시인의 사회' 동인지 공저
ohi0091@hanmail.net

아름다운 것들은 항상 서로를 동경합니다.
음악은 그림이나 시가 되고 싶고,
그림은 한 편의 시나 음악이 되고 싶어합니다.
그리고 시는 한 폭의 그림이나
아름다운 음악이 되려고 합니다.
지구의 한 모퉁이에 선 작은 저는
언제나 그들의 세계를 동경합니다.

이면지

그래 무엇을 쓰나 보자

펜을 쥔 사람 얼굴 빤히 올려 보는
책상 위에는
흰 눈밭 같은 백지

그런 백지 보다
두서없이 아무렇게 끄적여도
잘못 쓴 것 슥슥 덧 그어도
오랜 친구 같이 받아 주는

사연 많은 이면지가
좋다

들판은 단 한번도
아주 메마른 적이 없었네

나뭇잎 메말라 떨어져도
어떤 나무 어떤 가지에는
연한 새 순이 나

이어 달리기 하듯
꽃이 지면 그 뒤에 잎이 나는
잎이 지면 그 뒤에 푸른 풀이 돋는

혹독한 겨울에도
어딘가에는 언제나
예쁜 꽃이 붉거나 사철 나뭇잎 푸르거나

들판은 단 한 번도
아주 메마른 적이 없었네

무언가 떠나가면 무언가는 돌아온다고

늦가을 바람이
빛 바랜 느티나무를 흔든다

낙엽이 모두 떨어져도
흔들리지 말아야지
흔들리진 말아야지

급작스런 비보 같은 바람이
한 무더기 우수수 떨궈내자
가슴이 덜컥
아이구야
이렇게 가을이 가는구나

휑해진 다리를 지나
쌀쌀해진 강 위에 떠있는
겨울새 몇 마리에
다시 심장이 쿵
반가워 두 손을 흔들면서

무언가 떠나가면
무언가는 다시 돌아온다고

뒤로 가기

인터넷을 하다가 되돌아가고 싶으면
뒤로 가기 화살표 클릭

이게 아니다 싶으면
후회한다 싶으면 스을쩍
또깍
뒤로 가기 누를
인생에도 꼭
되돌릴 화살표가 있다면

그러면 세상 전부
아기가 돼버릴까
뒤로 가기만 누르고 누르다가
옛얘깃 속 할아범처럼

제자리에 있기까지

산 아래 이끼 앉은 바윗돌
그 자리에 있기까지
얼마나 높은 곳에서
혹은 얼마나 오랜 세월
구르고 깨지고 다듬어져
낮은 자리 우묵한 거기에 있게 된 것일까?

시골집 마당 구석에
녹슨 삽 한 자루
거기에 있기까지
검은 도가니 뜨거운 풀무불에서
달궈지고 두들겨져
한 자루 삽이 되었을까?
손매 굳은 농부의 손에서 척박한 땅
더불어 갈아엎었을까?

충장로 골목길
인상 좋은 포장마차 아저씨
얼마나 많은 사연들을 뒤로하여
추운 겨울 늦은 밤까지
온기를 찾아온 이들의 그릇에
김 나는 곱창과 뜨거운 오뎅 국물을
퍼주고 있는 것일까?

돌아보면
돌이나 쇠나 사람이나 정이나
무엇이든
그 자리에 있는 것들이
위대하다
더욱 소중하다

별의 위로

열대의 작은 섬 해변에 누워
한참을 별만 보았다
시간의 어둠이 깊을수록
더 밝아지는 별들이 온 하늘을 밝히고
바닷속 열대어들이 이 밤에 하늘로 올라
검은 바다에서 반짝이는 것 아닌지
저 수많은 별
지구의 어둠을 틈타 빛나지만
우주 어디 그들의 고향에서는
태양과 같은 위대한 존재일 테지

별똥별 하나 후루루 검은 바다로 추락했다
잠깐 사이
우주의 많은 비밀을 안은 별 하나가
소멸로 떨어졌다
태양보다 더 큰 별일지도 모를
존재해 온 존재가
사라지기도 하고 생겨나기도 하여
드넓은 우주에서 먼지로 유영하기도 하련만

별이 또 하나 떨어져
지구의 작은 해변에서 나도 별처럼 흐느끼게 만드는
아주 작은 일에 시름하고 힘겨워하는
하소연할 힘도 없는 왜소함으로
이 심장이 터질 것만 같았다

괜찮아
반딧불만 한 반짝임으로
속삭이는 별의 소리를 들었다
다 별 일 아냐
그 순간 시간이 멈추고 영원이 시작되었다
멈춘 하늘에 구름이 흐르고
멈춘 순간에 별들이 다시 쏟아졌다
별이 해준 말을 되뇌었다
별 일 아냐
다 아무것도 아니란다

아이처럼
별을 닮고 싶었다

감동 중독자

너댓 달 메마른 땅이라도
한나절 비에 젖고
때로는 넘쳐흐르듯
가슴은 돌덩이 같더라도
사방을 덮은 구름
음악
문학
그림
아련한 풍경
시 몇 구절
하염없이
비
안개
적시면

가슴은 봄장마처럼 젖어 넘쳐
감동 중독자는 그런 단어로 탄복하여
누군가라도 얼싸안고
울기도 웃기도 하는 일
물은 낮은 웅덩이로 모이고
감동 중독자는 어디에서 무엇으로 다시 울게 할지

때로는
만지지 않아도 알아
몽유병처럼 온밤을 헤매는 일
사람이 갈망하는 곳 어디라도
녹슨 깡통 안이라도
뒤적거리며
광야에서 혼자 고독한 성자처럼

적실 혼이 없는 존재와는
죽어도 함께 하지 못할 것이다

차라리

언젠가
내몽고 초원 서쪽 언덕 위
잘 익은 홍시 닮은 붉은 해가 지고 있었단다
손을 내밀면 닿을 듯
다소곳이 웃는 색감
눈을 맞추어 한참을 마주 보다
그 사이 정이 들어
언덕 너머로 조금씩 사라지면
애타기 시작한 마음은

이대로 헤어질 순 없는데
없는데
저 앞 모래언덕 위로 올라
둥근 그 얼굴 더 보리라고 들떠
길어지는 그림자 끌고 언덕 위에 올랐더니

약속한 해는
또 다른 능선을 타고
달아나듯 넘어가고 있었단다
다른 언덕을 오르고 또 다른 기대를 던져도
더 높은 산 뒤로
파도 뒤 큰 파도처럼
희망 너머로 아주 사라져 버렸단다

멈추어서 뒤를 보니
평원에 남은 어둠과 거친 내 숨소리뿐
끌고 온 긴 그림자도 사라져 보이지 않았단다
말발굽에 팬 마마자국만 한 구덩이에도
걸려 넘어지면서
말똥에 미끌리면서
돌아오던 생각보다 멀었던 길만이

그렇게 먼 길을
미친 듯 달려가던 마음을 그사이에 잊고는
쓸쓸한 발소리에 더욱 쓸쓸해지던
차라리 그 자리에서
지는 해 애잔하게 작별인사 나눌 것을
그 언젠가의 일이란다

눈물

바람에 티끌이 눈에 들어간 건지
바람에 내 눈이 들어선 건지
아무리 깜박여도
다시 두 눈을 부릅떠도
까끌거리고 쓰라릴 뿐

티끌을 씻어낼 눈물 한 방울
흐르지 않는 애닯은 일
벽을 부여잡고 한참 허공을 찾는데

현기증에 핑 도는 나와 나의 눈
어쩌면 가슴처럼
눈물도 메말라가는 가?

서글픔에 왈칵 눈물이 난다

초승달

아무도 몰랐습니다
하루 온종일
그가 함께 있었다는 것을

눈길 한번 주지 않았던
온종일
어둑해진 서쪽 하늘로
활 같은 눈썹 깜박이며
그가 작별을 말하기 전에는
지기 전에는

세상엔 미안한 일들이 많아
서쪽 하늘을 떠올려
안부를 묻습니다
항상 가까이 있어도
마음 한 번 주지 않았던

초승달 같은 이들에게

전호영 시인

1963년 강원도 정선 사북 출생
인하대 불문학과 졸업
2000년 문예비전 등단(심사위원 조병화)
현재 수원 거주, 조경인, '시산' 편집국장
시집 '산에서라면',
'내가 만약 산정의 이름 모를 들꽃으로 태어났다면'
공저 '仝 시인 오늘은 어느 산인가' 등
sanhocho90@hanmail.net

겨울이 몸을 푸니
봄이 찾아왔다
얼었던 몸 녹으니
그리움이 젖고
다시금 얼어붙을 걱정
봄이 가버릴까
비오는 내내
가슴이 먹먹하다

계절은 흐름은 끝이 없나니
마음 한 곳에 접어둔
눅눅한 잎새 하나
봄볕에 말려보자
찢기면 찢긴대로
얼룩은 얼룩대로
다시 가을이 오면
황금빛으로 물들테니

산, 꽃 그리고

산은 말이 없네
꽃도 말이 없네
그대 또한 말이 없었네

그런 왜 나는
자꾸만 웃음이 나는지
행복한지

참 이상타
말하지 않아도 알아듣고야 마는
산, 꽃 그리고

그리움은

그리움은 단절이다
나는 네게 너는 누군가에게
전해지지 않는 마음이다

그리움은 마음이다
나도 네게도
치유를 버린 마음이다

중독이다
이렇게 절절 끓어도
한시도 놓지 못한 병명이다

백전 이모

강원도 정선 백전학교 문전에 막내이모가 계셔
태어나 한 번을 떠난 일 없는 이모가 계셔
그 언니 오라비들 시집 장가가고
조카들 죄다 뿔뿔이 도회지로 떠났어도
백전지킴이 이모가 계신다

소아마비로 다리 절룩이는 서방에
치매로 정신줄 놓은 노모에
가릴 것 없는 간난에
아랑곳없이
한 곳만 바라보는 막둥이 이모

언니가 보고 싶어
30리 길 걸어서 찾아들어온 동생
변변한 입성 없는 살림에
배곯릴까 쫓아 보냈다는
이모

뱃속에 씨앗을 담고
담을 넘는 구렁이 잡아
얼굴과 몸에 허물인 반점을
갖고 태어나
외할머니 설움의 한이 된 막내이모

강원도 산은 높고
계곡의 물소리 우렁우렁 호기로운 그곳
줄어든 학생에 폐교를 말하는
강원도 정선 백전학교 앞에는
작고 초췌해서 더 꿋꿋이 살아가는
여전한 막내이모가 거기 계신다

화살나무 시절에

적빛으로 물든 시절
화살을 쏜 건 난데
왜 이리 가슴이 아플까

바람이 뚫어 맞힌 건
하얀 허공인데
세상이 온통 핏빛

쌓여가는 연서에
단단히 성호를 긋고
엷은 황록색 얼굴로
두 계절을 보내

화장기 없는 시절
터져버린 말들이
온 산 빨갛게 물들이는데

이방의 초승달

초승달이 예리한 칼처럼 빛나는 밤에

순대국밥에 곁들인 소주잔의 취기
마취처럼 깰 무렵
달이 차오르는 건지 사위는 건지
왼쪽 오른쪽 날선 아구리를 재는
어둠에서

어둠에만 머물러 있는
조붓한 단어를 부러 떠올린다
달을 머리에 이고

그날의 초승달은
비좁은 단어를 묻은 어둠 위에서
몇십 번 차오르고 다시 저물겠지

여전한 취기를 틈 타
분별없는 마취의 술병 빈병이

끝맺음인지 차오르는지
참으로 모호한데 초승달 예리한 어둠에서는

터널과 어머니

내 고향 강원도 가는 길에
경춘가도 막아선 뭇 산들이
다 어머니 어머니 같다
자식 앞길 막지 않으려
가슴에 큰 구멍 뚫어 곧은 길 낸
가난한 그미

피가 마르고
눈물이 마르고
생명이 다 마르도록 손이 바쁘던
여인

쇳소리 그렁대는 터널을 지나면서
그 가슴에 뚫린 뭇 바람구멍
다 메워야지 다짐이지만

젖이 마르고
입이 다 마르도록 헤집던 삶에
아주 작은 바늘 구멍조차도
메울 수 없다는 것을
이미 알고 있어

고향길 오르도록 내내
어머니의 터널만 오래 지나서
나는 간다

배롱나무 월동기

꽃으로 산 세월이 백 일
늦가을 찬바람에 이슬이 맺혀
주름진 이별을 전하던

나무는 얼룩얼룩 눈물바람인데
다가올 봄은 멀기만 하니

자미화야 울지 마라
꽃그늘에 취한 어느 조경가
황금 수의 입혀 정성껏 염하리니
눈감고 귀 막고 마음마저 닫고
한겨울 견디노라면

네 고향 남쪽 따스한 바람이 불어
한 꺼풀 두 꺼풀 옥죈 옷고름 풀어내
첫날 밤 수줍은 새색시 꽃인
네 고운 살결 다시 보여 주려마

분갈이

한줌의 흙이
세상의 전부라 여기며
고운 꽃 피웠지

집을 옮겨 사는
소라게처럼
화분을 철마다 갈아타
낯선 곳에 섰단다

떠도는 영혼
뿌리내리지 못해
이리저리 흘러다니는
짙은 화장기의 여인으로

집을 옮겨 사는 동안
꽃향기 아닌
분 내음만 짙어진다

조화(造花)

바람이 잠든 숲
묘지로 가면
죽은꽃이 피어 있다

향기 떠난 삶
빨간 립스틱
높은 구두
어떤 것도 일어나지 않는

시들지 않는 꽃
행여 마음이 없는 꽃
모여 있어도 적막인
세상

영혼을 달래는
무상한 숲에선
바람도 허락지 않는다

두 번째 장례식

석 삼백 살 느티나무 숨을 다할 때
어느 조경가 허리께를 남겨
아비비를 발치에 심었지
발등을 타고 오른 아이비 조근한 손길
고목의 죽었던 심장 다시 뛰었는지
사철 푸른 잎 다시 매달고
20년 세월을 더 살더니만

마침내 더욱 기울어진 몸뚱이
고목의 두 번째 장례식이 치러지는데
두터운 고목껍질에 제 살을 섞은
아이비 오랜 덩굴
헌웃 벗 듯 훌훌 털어 알몸이 되었지
통곡하는 엔진톱
눈물처럼 쏟아지는 톱밥
훨씬 가벼워진 육신 대지에 뉘어
그 고목 안식을 얻었다지

여러 토막 육신을 거둬
고목의 남은 꿈은 불꽃처럼 살라
어느 촌로의 방구들 죽도록 데워
한줌 재로 흙과 몸을 섞어
300년 전 보았을 그 첫 하늘로
하얀 연기 구름들과 몸 섞으라
하얀 연기 바람과 몸 섞으라

두 번을 산 세월
온통 하늘로 치솟는다 지

최랑 시인

1967년 부산 출생
'시인의 사회' 회원
C01075597542@gmail.com

좋은 시 한 편 건지기 위해 산다고 말하면
너무 고상한 일일까?
너무 비참한 일일까?
자본주의에 적응하지 못한 사내가 할 수 있는 일이
돈이 되지 않는 詩作이라면
세상이 손가락질하고 비웃을 테지만
사람이란 자신이 행복한 일을 하고 살아야한다 생각느니
시 한줄 쓰기 위해 일을 나가고 목숨 연명한다 말할지라도
부디 비웃지들 마시라

시인

정보 공유의 속내에 관해

아내도 자식도 집도 땅도
내 것이 맞냐고 그는 묻는다
제법 거만한 녀석이다

내가 있기 전부터 세상은 있었고
내가 사라진 후에도 세상은 있을 것이고
그래서
소유란 인간이 단정 지을 수 없다
클릭하려 해도
없다
엄밀히 말하자면 물질계에 그런 말은 없다

내게는 있으니
네게는 없는 많은 것을
구태여 있냐고 그는 또 묻는다
내 것이 맞냐고 그는 다시 묻는다

정보란
나를 짓이기려는 정보만 모으는
아주 교활한 녀석이다

눈사람이 사람이라면

어느 세계에 살아도 나는 똑같아
사람들은 사람이 아닌 나를 창조하자고
추위도 던지고 회개의 시간도 접고
창조자의 꿈에 빠진다

보잘것없는 생애도 빛인 이유는
한순간 반짝 즐거움인 까닭이렸다
이 아름다운 여정도 종착역이 있어
흔적조차 없이 녹아
겨울이었던 마음속에서도
잊혀져

운명이라는 말을 배울 수 없던 계절에
사뿐 찾아들어 '나도사람'이 되어
슬퍼하는 법도 배우지 않았으니
떠나는 일도 아리진 않을 것이다

등을 돌린 사내

아직 동도 트지 않았는데
아내는 어린 두 아이를 앞세우고 새벽길을 나선다

지난밤 산길 시오리를 걸어
건넛마을 강씨네 배 밭에서 떼 온 배 닷 접
오늘 하루 가족의 생계다
잠 덜 깬 아이들은 눈을 비비고 발을 구르고
손을 불면서
제 몸뚱이보다 무거운 낡은 구루마를 밀고 끌고
첫차 시간에 놓칠까 추위에 달리겠지

누워 한숨을 추위로 내뱉는다
나의 꿈은 무엇이었던가
생각하다 게으른 잠으로 도망한다

깨었을 무렵이면
눈썹 끝에 고드름을 매달고 돌아와
아이들은 언 손 불며 돌아와
아랫목에 묻고 간 보리밥에 신 김치로 시장끼만 속이고
학교로 갈 것이다
쓸쓸한 내 등 한번 힐끔 보고서

아이들의 꿈은 무얼까
꿈이 있을까

등 뒤로 들려오던
학교가 내민 청구서들 소리
빈손으로 등교한 아이들은
세상이 내민 손가락질을 어떻게 견딜까

바람이 지날 때마다
달셋방 허술한 문들이 종으로 흔들리고
낡은 처마의 스러지는 비명이
누워 견디는 사내의 갈비뼈처럼 삐걱거린다

詩는 먹는 거 아니다

세상의 빛이란 빛은 모두 이곳에 와서 주저앉는지
입으로 먹을 수 없는 시를 써
아무것도 변하지 않고
아무것도 바꿀 수 없어
나이만 먹은 사내를 옆에 앉히고
오늘은 방파제에서 술이나 한 잔해야겠다 하고선
속내가 유약해진 사내는
세상과 맞설 힘이 없다 토하는데

자본에게 살점을 뜯어 받치어
서울 거리를 헤매고 다닐 아이들 생각이
밀려오는 파도에 맞춰져 한숨이 된다
무력하게 물러섰던 날들은 먹지 못한 시와 같다고
이제 가난한 시는 쓰지 않겠다고
파도는 푸르렀다가도 암갈색으로 부서져
밀려가고 다시 밀려오는데
더는 파도 같은 시를 쓰지 않겠다고

갈매기 한 마리가 날지 않고
낡은 표지판 위에서 항구를 응시하는 일처럼
무기력한 시를 더는 쓰지 않을 것이라고
사내가 펑펑 토해버린다
세상을 바꾸지 못해도
자신도 바꾸지 못한 시가
살아있다는 것만큼 부끄러운 등짝 위로
취기만 점점 뜨거워진다

사내의 흔들리는 어깨에 손을 얹고
파도 같은 위로를 해준다는 말이

시는 입으로 먹는 것이 아니지
먼 바다처럼 그저 바라보는 것이지
아이들도 그 이유를 알아가는 것이
시겠지

진료실에서는 사람이 따뜻해

쉰의 엄마가 여든의 딸을 데리고 들어와
젊은 엄마가 어린 딸에게 하듯
얼래고 달랜다
젊은 엄마의 손을 꼭 잡은 여든의 딸은
아홉 살 천진난만한 웃음이다

간호사의 간단한 질문에도
여든의 딸은 쉰의 엄마 얼굴만 바라보고
젊어진 엄마는 어려진 딸 대신
네네 대답이다

딸은 엄마가 한없이 좋은가 그런가
주름살이 가득한 얼굴 만면이 웃음이다
엄마 엄마
엄마 엄마 어디야
어려진 딸이 쏟아내는 철없는 물음이
그만 진료실 딱딱한 의자를
노곤하게 만들어
사라진 그미의 엄마가 보드라운 답을 하는지
더 늙어진 엄마도 꽃 같은 얼굴이다

지구라는 별에 와서도 오래된 웃음
저만큼 익숙한 동행이 또 있었나
진료실에서 답을 듣는다

한잠 들큰하게 자고

한잠 들큰하게 자고 일어났을 때 세상은 온통 봄날 꽃밭이면
한다
우리가 버린 플라스틱과 찌꺼기가 함부로 뱉어 낸 욕설과
배설들이
향긋이 웃으며 꽃들로 피면 좋겠다

한잠 들큰하게 자고 일어났을 때 세상이 온통 별이면 한다
그리운 사람 잃어버린 사랑 먼저 돌아선 얼굴들이 새로 태어나
빛나는 별이 돼 우리들을 내려 비추이면 참 좋겠다

한잠 들큰하게 자고 일어났을 때 미웠던 사람까지 곧은 나무가
되면 좋겠다
빛나는 별이 되면 좋겠다 어울렁더울렁 꽃밭 별밭에서 손을
맞잡을 수 있으면
더욱 좋겠다

한잠 들큰하게 자고 일어났을 때 더 많이 사랑하는 사람이
되면 좋겠다
슬픈 양식을 먹고 한숨 쉬며 주저앉던 시간은 가고 세상에
봄을 알리는
버들강아지 보드라운 얼굴이면 참말 좋겠다

봄을 기다리는 말

꽃 핀 뒤 오는 봄이 아니라네
절박하지 않은 꿈이 아니라네

언 발과 얼어 터진 손
고개를 넘고 황량한 곳을 달려왔네
눈보라가 몰아쳐 흔들리는 세상을 걸어왔네
침묵하는 나무처럼 위장한 숲처럼
고함치지 못하며 물지 못하며
빛도 없는 밤길로 살아왔네

쓰러진 자들 일어나
잠에 취한 자들도 깨어나
우리들 눈과 정신을 혼탁하게 만든
폭설과 어둠은 머지않아 사라져
어떤 이유에도 길을 찾는다면

꽃을 피워서 봄이라네
꿈을 내걸어서 꿈이 된다네

행복이라는 평범한

흙 묻은 손을 씻고
저물녘 샛강에 앉아
노을을 바라보는 일은
뜻대로 이루어지지 않는 일들
지푸라기 같은 근심
툭 털어내어

둥지를 튼 새들 같은
소박한 흙집으로 돌아가
어진 아내가 차려낸
소박한 저녁상을 받는 일
욕심을 모르는 별을 보고
바람의 이야기 귀 기울이다가

밤새워 속살거리는 마음의 소리에
귀를 열어
한겨울 화롯불 닮은 시를 쓰며
그리 그리 사는 일
주머니가 텅 비어도
더는 가질 것 없는 노을로
나는 참 행복할 테지

나에게

네가 세상에의 끈을 함부로 하지 않기를
쓸쓸하고 어두운 날들을 견뎌낸다고
꿈꾸던 희망 전부가 보이지 않을 것이지만
하루를 더 살아간다는 일이 정답인
산다는 것이 그런 일

마음먹은 대로 다 이뤄지진 않고
평생을 애절한 마음으로 살다
안타까운 마음으로 살다
그게 인생이다 알아가기를 바란다

부디
희망은 크게 절망은 짧게 지녀
상심보다는 고단한 밤이 낫다는 것을
알아가는 것 그것이 삶이다
지금 아니라고 세상 함부로 탓하지 마라
뜻한 대로 다 이룬 사람 쉽게 없어
실패한 삶도 절실한 교훈인

결코 삶의 끈 함부로 말하지 말아라
삶의 모든 일을 함부로 버리지 말아라

기장시장에서

무엇이 저 여인을 단련시켰을까

골목마다 바닷바람
빈틈없이 비집고 들어치는
십이월 그 끝자락에서
동트기 전
기장시장 난전에 똬리를 틀어
얼어붙은 생선들 온 육신을
화톳불 한 점 없이
맨손으로 다듬는
저 여인

시대의 가난을 온몸으로 맞으며
묵묵히 한 시절 건너고 있는

지난 시절의
아, 내 어머니들

최석종(호은) 시인

1963년 부산출생
문학시선 작가협회 공동리더
시인의 사회 회원 다솔문학 회원
동인지 초록물결 3~6집
사랑시집 초록엽서 디카시집 등 공저
계간지 문학시선 시인의 사회 등 다수 참여
1회 타고르 문학상 공모전 우수상
104회 탄생기념 윤동주 문학상 작품상
문학시선 1회 디카시 공모전 우수상
qaws52@naver.com

공기조차 무거운 빈들을 걸을때
빗면에 선 나목을 만났습니다.
살갗이 터져있고 깊게 팬 거북 껍질은
나신이 된 제모습이었습니다
옹이 틈 사이 간직한 햇살 알갱이를 보고
어린 시절 꿈이 다가왔습니다

힘들고 아플 때 세어본 축복을 생각하면서
화려하고 매끄러운 글 보다
차가운 발을 감싸주는
따뜻한 발싸개가 되고 싶습니다

발싸개가 되고 싶습니다!

가난했던 어린 시절 누구보다 빨리 학교에 가서 동화책 위인전 등
장르를 가리지 않고 책을 읽는 것이 큰 기쁨이었습니다
집안 형편이 어려워 일찍 직업전선에 뛰어든 소년은
그런 문학에의 꿈도 접어야 했습니다

어느덧 중년이 되어 공기조차 무겁게 다가오는 빈들을 걸을 때
빗면에 선 나목을 만났습니다.
살갗은 터져 깊게 팬 거북의 등껍데기를 닮은 나무는
나신이 된 '제 모습' 이었습니다.
옹이 틈 사이 간직된 햇살을 보고 어린 시절의 꿈이
살아났습니다.

힘들고 아플 때 세어본 축복을 생각하면서
화려하고 매끄러운 글보다
차가운 발을 감싸주는 따뜻한 발싸개가 되고 싶습니다.

그림자 검은 소고

햇살 없이 살아갈 수 없지만
한 줌 햇살 앞도 바로 설 수 없는
그늘에 숨은 단벌 신사

쉴새없이 웃자라는 콘크리트
함께 자랄 수 없는 상처를 안고
뒤란으로 숨어들어
햇살이 사라진 사이 어스름 달 가까이
어둔 구석마다 먹구슬로 꿰보는
검게 그을은 모습만 토해내라
너는 억눌린 나의 분신

억만 년 세월 묵언수행에서도
하루에 단 한 번 지는 해 아래서만
침묵을 깨는 환희
종일 받은 축복을 그려내라
너만을 입은 검은 언어

시인이라는 말은 시와 더불어

열정이 잠들면
어제는 없고 내일은 오지 않는다
침묵만 지나가지

주소를 두지 않는 들꽃은
자신을 나누어
바람을 따라나서지

허울을 벗은 시인
계단을 내려서는 시인
주소를 버린 시인이 있으시다면

별들의 말이 시를 이룰
그런 말씨앗을 찾아
사막에서 혹동고래를 찾아

바람의 하루
시인의 밤이
아타카마사막을 지나간다

섬진강 찬가
땅의 정기와 숲의 혼이 층이 되면

상추막이골 데미샘 젖줄로 흘러내린다
천상봉에서는

전라도와 경상도가 한자리로
오백 리 강은 실핏줄로 뻗어내려
이름 없는 땅 샛강이 생명이 되고
은빛 새우 둠벙의 살집이 된다

먼 길을 가는 이들은 섬진강을 지나가라
협곡은 제살을 떼어 강으로 나눠주고
그 살 채운 재첩이 생명의 끼리로 주는
관용은 반짝이고 동자개 빠가사리는 원을 그리는

시간이 멈춘 곳에서
마지막 남은 행운이 그대에게 나눠는
섬진강은 노을의 격정이라
돌아가서 꼭 만나라 어머니 젖가슴인 그 강을

월광욕 사연

황령산에
만월이 걸리면
한 겹 한 겹 마음을 벗어
나뭇가지에 널어두고
달빛을 쬔다

도둑이야! 도둑이야!

제 이름을 불리운
욕심스런 마음이
후다닥 젤 먼저 달아난다

훔친 마음이 죄다 비면
안심하여
아침을 맞겠다만

태양 아래서도
물욕의 겉옷 모두 던져
가난한 마음으로
살아갈 수 있겠다만

워낭소리 외전

온갖 설움 삼켜
아픔만 머금은 사람아
어이해 묵은 서리 쌓여가는
망각의 강 근처를 서성이는가

강둑을 울리는 얼룩백이
타는 울음소리가
차마 놓지 못 할 삶의 정이던가

탱자나무 가시에는 금빛 전갈
실개천 줄기마다 복사꽃 만개한
천성산 부름 같아서

삼베 한 가닥 휘감을 마른 몸뚱이
한 푼 무게도 없을 허허한 정이다
기억도 이름도 도로 내려놓고
훨훨 날아서 가시라

마법의 시간

피아노는 마법이다
장조에는 생명이 매달렸고
단조에는 영혼이 여울진다
음계에는 얼굴이
사이사이 행간마다 마음이 있다

건반을 두드리면
낮은음이 외려 높은음을 끌어내고
쉼표는 명상에 잠기게 만든다

소리가 소리를 이끌고
나비춤은 나폴나폴 가벼워
풀꽃들도 종긋종긋 환호하는
기쁜 마음은 더 기쁘게
슬픈 마음은 더 슬프게
피아노에는 그런 마법이 있다

말간 햇빛을 소리로 그려내고
능선을 오르는 바람이 시어를 쏟아내고
여울을 도는 물이 화음을 넣는
안단테 안단테 느리게 함께 할
마법이다

적랑, 붉은 늑대*의 말

하늘에는 해와 달이 있어
음양의 조화를 이루고

구름은 바람
꽃과 나비는
또 달리 세상에 조화롭고

코스모스는 의지하며 모여 피고
까마귀들 나목 위에 나란하거든

어이 노을 내리는 광야를
홀로 가고 있는가
붉은 갈귀털 불처럼 날리는 날에

---

* 적랑 ; 붉은 늑대
늑대는 평생 배우자를 바꾸지 않고 가족을 위해 헌신 한다
우두머리에서 밀려난 늙은 늑대나 무리에서 독립한 젊은 늑대가
홀로 떠돌다가 새로운 무리를 이루기도 한다

킬리만자로

하늘과 물이 갈라진 틈사이
들소는 풀을 먹고 살아가고
사자는 먹을 만큼만 사냥하고
굶주려도 풀을 먹지 않는다

예수는 사랑을 남기고
부처는 자비를 남겼지만
사람은 콘크리트 상자를 만들고
그 안에 들어가 짐승이 되었다

시어는 네온샤인 불빛 속에 뛰어들고
시인은 쇼윈도의 마네킹이 돼버렸다
별들이 흘린 눈물이 강을 이루고
으스름달 눈믈강에 녹아들 때

짐승도 시인도 되지 못한 나는
황포돛 높이펼치고 서리 바람 데려와
설산을 찾아 가련다

문득

온천천에
숭어가 올라오고
갈매기도 따라오고
바다가 아주 온천천에 눌러앉았다

문득
그녀 목소리가 궁금하다

뚜르륵 뚜르륵
다이얼이 올라가고
벨소리 한참을 갈매기로 나르더니
전화를 받는다

파도를 보면서 밥 먹자
할 말을 숭어로 밀어 올렸다
침묵이 온천천으로 흐른다
아침에
엄마가 떠나셨어요

소천하셨다는 말이
어제로부터 흘러와
내일로 가는 것

문득 세상이 숭어떼로 들린다

아버지의 꽃

네 바퀴 굴러굴러 산을 넘어서
진달래 피고 들국화 지는 들판을 가로질러
마침내 길도 없는 바다에 도착했다

구름은 유유히 흘러가도
하늘을 보지 못 한 시간이 지나
그리움도 잠재운 시간을 지나

귀 밑 해묵은 서리 쌓이고서야
들판 허허한 곳에서 울고 있는 꽃이
당신인 줄 알았다

공인 인증시

초판 1쇄 발행 2021년 5월 10일

지은이 김시호, 김영란, 김인선, 이종근, 조현빈
오현일, 전호영, 최 랑, 최석종

발행처 시인의 사회

인쇄처 (주)명진씨앤피

ISBN 979-11-974607-1-5 (03810)
값 9,000원